KB068331

THE PREDICAMENTS OF PEPPERMINT PATTY by Charles M. Schulz
© PEANUTS WORLDWIDE LLC
All rights reserved.
Originally published by Canongate Books Ltd.
Korean translation copyright © 2019 by RH Korea Co., LTD
Korean translation edition is published by arrangement with
PEANUTS WORLDWIDE LLC through Global Brands Group.

이 책의 한국어판 저작권은 글로벌브랜드그룹을 통한
저작권자와의 독점 계약으로 ㈜알에이치코리아에 있습니다 .
저작권법에 의해 한국 내에서 보호를 받는 저작물이므로 무단전재 및 복제를 금합니다 .

페퍼민트 패티,
역시 인생은 쉽지 않구나

찰스 M. 슐츠 지음

RHK
알에이치코리아

Peppermint
Patty
페퍼민트 패티

수업 중에는 졸기 일쑤, 학교생활을 무척 싫어하는 말괄량이. 찰리 브라운을 짝사랑하고 있으며 그를 '척'이라는 애칭으로 부른다. 그에게 자신의 마음을 숨기지 않고 솔직하게 표현한다. 낙제생이지만 운동신경을 타고난 페퍼민트 패티는 찰리 브라운 야구팀의 라이벌 팀에서 활약하고 있다. 그녀에게 운동은 쉽지만 인생은 어렵기만 하다.

관심사 ❀

* **야구** 야구팀을 지휘하고 있으며 뛰어난 투수다.
* **풋볼** 풋볼 경기 중 좋은 태클을 걸어 공격성을 해소하곤 한다.
* **스케이팅** 얼음판 위에서 스케이트를 탈 때면 여성스러운 면모를 뽐낸다.

비밀 아닌 비밀 ❀

페퍼민트 패티의 진짜 이름은 패트리샤 라이하트다.

빼셈은 어제 알고 있던 것보다 오늘 알고 있는 게 더 적은,
그런 끔찍한 느낌이야.

사 곱하기 사?

사 곱하기 사는 사십사!

사십사 곱하기 사십사는 사사십 사십사!

이게 아니야? 음, 이렇게 말하니까 재미있던데!

어머나,
올해 캠프에서도 만났네.
다시 만나서 반가워, 선생.

'선생'이라고 부르지 마!

나 기억하지?
내 이름은 마시야…
우리 작년에 같은 텐트 썼어.

당연히 기억나지…

네가 버스에서 내리는 걸 보자마자
"아, 혹시 내가 아는 그 얼굴이
아니면 어떡하나!" 했어.

기억해줘서 고마워, 선생…

그렇게 부르지 말라니까!

안녕, 척*? 나 페퍼민트 패티야…
저기, 척, 물어볼 게 있는데…

학교에서 '빙빙 돌기' 춤이란 거 추잖아…
너도 알다시피, 이 춤은 여자가 남자에게 같이 가달라고
부탁해야 하는 거잖아… 그래서… 음, 나…

* 페퍼민트 패티가 찰리 브라운을 부르는 애칭이다.

NO, I'M NOT ASKING YOU, CHUCK! GOOD GRIEF! I JUST WANNA TALK TO THAT FUNNY-LOOKING FRIEND OF YOURS WITH THE BIG NOSE...

I THINK HE'LL BE GLAD TO GO ✳ SIGH ✳

HERE'S THE WORLD-FAMOUS SWINGER DANCING WITH ALL THE GIRLS AT THE "TURN-ABOUT"

아니, 너한테 부탁하는 게 아니야, 척! 맙소사!
난 그냥 코가 큰, 웃기게 생긴 네 친구에게 부탁하려는 거야…

그 친구, 기쁜 마음으로 갈 거야. 흐음

모든 소녀들이 '빙빙 돌기' 춤을 같이 추고 싶어 하는 세계적인 사교왕이 여기 계시지!

세상에, 스누피, 너 진짜 잘 춘다…
우리 잠깐 쉬면서 시원한 펀치나 마실까?

나랑 같이 와줘서 정말 고마워…
이렇게 즐겁긴 난생 처음이야.
아무것도 이 저녁을 망치진 못할 거야.

잠깐! 야, 꼬마야,
이렇게 이상하게 생긴 남자 친구는 어디서 구했냐?

퍽!!

논술 시험 답안지가 형편없다는 걸 알면서도 제출하는 건
정말 끔찍한 일이야…

자리로 돌아가서 죽고 싶을걸!

죽지 않는 한…
이제 겨우 10월인데 6월까지는 학교에 다녀야 할 거고,
더 많은 논술 시험과 고민이 있을 거고…

공부하려고 애써야겠지…

겁이 나, 척… 내가 커서도 아무도 날 사랑하지 않으면 어떡하지?
코가 큰 우리 같은 사람들은 자신감이 바닥이잖아…

내 코가 크다고 생각하니, 척?
언젠가 누군가 날 사랑할 거라고 봐?

당연하지.

정말?! 뭐가 '당연'한데? 내 코가 큰 게 '당연'해,
아니면, 누군가 날 사랑할 게 '당연'해?

아마 언젠가는 너의 나머지 얼굴들이 네 코를 따라잡을 거고,
그러면 누군가가 널 사랑하게 될 거야.

서둘러, 얼굴아!

수업 시간에 잠들지 않을 거다.
수업 시간에 잠들지 않을 거다.

수업 시간에 잠들지…

…않을 거다.

넌 그 빨간 머리 소녀를
정말로 좋아해. 안 그러니, 척?

만루 홈런 치는 거랑
그 소녀랑 결혼하는 것 중에
어느 게 더 좋아?

왜 둘 다 할 순 없어?

우린 현실 세계에 살잖아, 척!

척이 보고 싶어 죽겠어.
우린 정말 재미있게 놀 거야!

그런데 선생,
내가 말을 안 했는데, 우리 캠프에
척을 아는 다른 여자애가 있어…

다른 여자애?
누구?

이름은 모르지만 빨간 머리야.
걔가 그러는데, 척이랑 같은 학교에 다녔대…

선생, 왜 나무에 머리를 대고 서 있는 거야?

여자 캠프에
무슨 일이 있었어,
패티?

빨간 머리 소녀를 봤어,
라이너스…

누군가 화가 많이 났다던데…
무슨 일이야?

정말로 그 소녀를 봤어,
라이너스…

I STOOD RIGHT IN FRONT OF HER... I FINALLY SAW THE LITTLE RED-HAIRED GIRL THAT CHUCK IS ALWAYS TALKING ABOUT.. AND YOU KNOW WHAT I DID?

I CRIED, LINUS..I CRIED AND CRIED AND CRIED!

YOU'D BETTER GIVE ME MY BLANKET BACK... I DON'T THINK I'M READY FOR THIS...

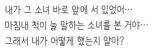

내가 그 소녀 바로 앞에 서 있었어…
마침내 척이 늘 말하는 소녀를 본 거야…
그래서 내가 어떻게 했는지 알아?

울었어, 라이너스…
막 엉엉 울었어!

내 담요 돌려줘…
아직 난 준비가
안 된 것 같아…

저 안 자요! 저 안 자요!

아니요, 선생님… 저도 무슨 일인지 모르겠어요.

그래도 깨어 있잖아요!

페퍼민트 패티랑 스누피가
옆집 고양이랑
제 2차 세계 대전을 벌였어!

끝났다!!
싸움이 끝났어!!

우리 이겼거나 진 거지?　　　　응!

야구 시즌이 다가오고 있어, 척.

여기가 너의 마운드야, 그렇지?
넌 분명 여기서 많은 시간을 보냈을 거야…

난 야구가 좋아…
평생 날마다
야구를 할 수도 있어.

넌 참 보기 드문
여자애야.

너 나 좋아하는 거 아니니, 척?

오우! 우! 오우!

흡흡흡흡!

물놀이에서 가장 싫은 건
뜨거운 주차장을 가로지르는 거야!

시험이네.

"시릴 폭스는 누구인가?
청동기에 대해 짧게
설명하시오."

어디 한 번 추측해볼까!

우리 두 야구팀의
일정을 짜봤어, 척…

자, 한번 훑어보고,
네 생각은 어떤지 봐.

너, 내 손 만졌어, 척!

원피스를 입다니!

원피스를 입고
학교 가는 날이 올 줄은
꿈에도 몰랐어!

우씨,
누구든 날 보고 웃기만 해봐,
때려줄 거야!

이봐!
누가 드레스를
입고 있는지 좀 봐!

쾅!

이게 학교 복장 규정이래, 라이너스.

이젠 샌들 신고 학교에 갈 수 없어…
정말 속상해… 훌쩍!

쪽!

그리고 코가 큰 이 이상한 애는
계속 나에게 뽀뽀를 해!

우리 모두에겐
뽀뽀로 눈물을 닦아줄
누군가가 필요해.

영화요, 선생님?

멋져요! 저 영화 정말 좋아해요.

교실에서 영화 보는 건
가장 좋은 학습 도구 중 하나지.

안도감이 뭐라고
생각해, 척?

안도감?

안도감은 차 뒷좌석에서 자는 거지…

WHEN YOU'RE A LITTLE KID, AND YOU'VE BEEN SOMEWHERE WITH YOUR MOM AND DAD, AND IT'S NIGHT, AND YOU'RE RIDING HOME IN THE CAR, YOU CAN SLEEP IN THE BACK SEAT..

YOU DON'T HAVE TO WORRY ABOUT ANYTHING... YOUR MOM AND DAD ARE IN THE FRONT SEAT, AND THEY DO ALL THE WORRYING...THEY TAKE CARE OF EVERYTHING...

어렸을 때 엄마, 아빠랑 어딘가에 갔다가
밤에 차를 타고 집으로 돌아올 때면
뒷좌석에서 잘 수 있었잖아.

아무것도 걱정할 필요 없어. 네 엄마랑 아빠가 앞좌석에 계시고,
모든 걱정은 네 엄마랑 아빠가 하시지…
두 분이 모든 걸 다 알아서 하셔…

정말 멋져!

하지만 오래가진 않아! 갑자기, 네가
커버리고 나면, 다신 그럴 수 없어!

갑자기 끝나버려서, 다시는 차 뒷좌석에서
잠들 수 없게 될 거야! 절대로!

절대로?   절대로 없어!   내 손 좀 잡아 줘, 척!!

네, 선생님,
제가 일부러 학교 복장
규정을 어겼어요. 인정해요…

교무실로 불려올 줄 알았어요…
사실은, 그래서 준비했어요…

제 변호사를 데려왔죠!

라이너스, 만약 어떤 사람이 누군가를 좋아하는데,
그 누군가는 이 어떤 사람을 어떤 사람이
누군가를 좋아하는 만큼은 좋아하지 않는다면,
누군가는 어떻게 해야 돼?

다시
말해 봐.

만약 어떤 사람이 누군가를 좋아하는데,
그 누군가는 이 어떤 사람을 어떤 사람이
누군가를 좋아하는 만큼은 좋아하지 않는다면,
누군가는 어떻게 해야 돼?

한 번만 더
말해 봐.

만약 어떤 사람이 누군가를 좋아하는데,
그 누군가는 이 어떤 사람을 어떤 사람이
누군가를 좋아하는 만큼은 좋아하지 않는다면,
누군가는 어떻게 해야 돼?

모르겠는데.

페퍼민트 패티가
여기에서 지낼 거라고?!

오빠 방에 묵을 수는 없어!
내 방도 안 되고!!!

나도 다 알아…
내가 다른 방법을
알아냈어…

오, 안 돼…

맙소사!

학교 갈 시간이야,
패티!

제 모습이 이래서
죄송한데요, 선생님…
척의 게스트룸을 설계한
멍청한 건축가를 탓해주세요!

그래, 척, 이게 우리가 할 일이야.

이렇게 같은 책상에 앉아 있는 동안은
우리가 한 팀이 되는 게 좋을 거야.

네 엉덩이가 내 엉덩이에 닿았어, 척!

우리 같이 가서 귀 뚫을래?

귀 같은 거 안 뚫어도
난 충분히 여자답다고, 루실!

귀 뚫고 싶은데,
아플까 봐 무서워.

코를 뚫는 것보단
덜 아플걸.

코를 뚫고 싶어 하는
사람이 있어?

이게 내가 고통을 가늠하는 방법이야, 루실…
뭔가를 해야 할지 말아야 할지를
그걸로 결정하는 거지…

코를 뚫는 것보다 더 아플까,
아니면 코를 뚫는 것보다 덜 아플까?

참!
거짓!
참!

참! 거짓! 거짓! 참!
거짓! 거짓! 참! 거짓!

참! 거짓! 참! 참!
거짓! 참! 참! 참!
참! 거짓! 참! 거짓!

이러다 폭삭 늙겠다!

농구공 멋지다, 척!

여자들한테 준 건 별로 안 좋은데.

넌 여성 스포츠를 반대하지 않잖아.
그렇지, 척?

흐음

우리는 여성 운동선수들이 받는
부당한 대우에 대해서 70년 동안이나 침묵해왔어, 척.

하지만 이제 부당하게
대우했다가는 큰 소란이 일지.

소란?

불공평해! 불공평해!

이게 소란이야, 척!

좋아, 마시…
무슨 책을 읽으면 돼?

캐서린 앤 포터나
조이스 캐롤 오츠나
파멜라 핸스포드 존슨이 어떨까?

그만둬, 마시…
그 작가들 모두
이름이 세 개잖아…

작가 이름을 읽고 나면
너무 피곤해서
책을 못 읽을 것 같아!

넌 정말 이상해, 선생!

제 과학 프로젝트요? 네, 선생님…
반 친구들에게 보여줄 준비가 됐어요…

처음엔 뭘 할지 결정하는 게 조금 어려웠지만,
이거예요…

토스트!!

제 과학 프로젝트는 토스트입니다.
이쪽이 굽지 않은 빵이고…

하하하하

펑!!

난 과학 프로젝트가 싫어.

교장실

야, 척, 우리 집에 와 봐.
와서 우리 아빠가 내 생일선물로 무얼 주셨는지 봐.

장미야!

와!

HE SAID THAT I'M GROWING UP FAST, AND SOON I'LL BE A BEAUTIFUL YOUNG LADY, AND ALL THE BOYS WILL BE CALLING ME UP SO HE JUST WANTED TO BE THE FIRST ONE IN MY LIFE TO GIVE ME A DOZEN ROSES!

HE CALLS ME "A RARE GEM"

YOUR DAD LIKES YOU... HAPPY BIRTHDAY..

아빠가 그러는데, 내가 빨리 자라고 있대. 그리고 난 금세 예쁜 아가씨가 될 거고, 모든 남자들이 나에게 전화를 할 거래. 그래서 아빠는 내 인생에서 장미 열두 송이를 주는 첫 번째 남자가 되고 싶으셨대!

아빠는 나를 '진귀한 보석'이라고 부르셔.

넌 많이 사랑하시는구나. 생일 축하해…

갑자기, 내가 아주
여성스러워진 느낌이야!

저기, 선생!
일어나!

콩!

저 안 자요!
정답은 '콩!'입니다.

시도는 좋았어,
선생!

네, 브라운 아저씨. 저는 아저씨 아드님하고 친구예요…
저에 대해서 이야기 많이 들으셨을 거예요.

이발소엔 처음 와 봐요…

스케이트 대회에 나가는데,
멋지게 보였으면 좋겠어요.

제가 3연속 투구로 아저씨 아드님을
삼진 아웃 시킬 수 있는 거 아세요?

척!

척!!

너희 아빠가 내 머리를 어떻게 하셨는지 봐…

너희 아빠한테 내가 여자라고 말 안 했지!!!!

이발사가 널 남자로 생각했다고?
정말 너무했다, 선생!

가발? 가발을 샀다고?
정말 좋은 생각이야, 선생!
그래, 웃지 않는다고 약속할게…

그래, 약속해… 진짜로 약속한다니까…
약속해… 응, 정말 약속해…
응, 웃지 않는다고 약속해… 그래.
선생, 정말로, 정말로 약속해…

한 번 더 약속해!!

우리 아빠가 나보고
'진귀한 보석'이래.

나도 그렇게 생각해.

너 날 좀 좋아하는구나. 안 그래, 척?
그런데도 대놓고 말하지 않아서 기뻐. 그런
점에서 널 존경해.

내가 필요한 게
바로 그거야…
'존경.' 휴

뭐라고, 척?
웅얼웅얼하지 마…

'넌 진귀한 보석이야.'라고
말한 거야.

너 날 좋아하는구나.
안 그래, 척?

자, 이게 내가 독서 감상문이라고 부르는 거야…

이번엔 정말로 내 자신을 뛰어넘었어.

작가들 이름을 적고, 줄거리와 모든 걸 짧게 서술했지…

심지어 책을 읽었다니까!

자, 새야…
빵 부스러기 좀
가져왔어…

알겠지만,
손가락은 좀 봐줘…

웩!

내 손 깨끗해, 이 바보 같은 새야!

편지 왔구나.
응, 척?

"네가 나 좋아하는 거 알고,
나도 내 방식대로
널 좋아하지만…"

그 빨간 머리 소녀가 보냈나 봐…
내가 자길 좋아하는 걸 알고는…

그 어떤 빨간 머리 소녀도 편지 안 보냈어, 척!
내가 보낸 거야! 넌 날 좋아한다고, 척!

내가?

나는 여기까지야, 선생.
척네 집에서 재미있게 놀다 오길 바라.

아! 뭐 하나 물어봐도 돼?
너희 아빠가 출장 가시면,
왜 엄마하고 둘이 집에 못 있는 거야?

난 엄마가 없어,
마시!

집에 가서 내 혀를 까맣게 칠해버릴 거야!

선생님, 상대평가로
성적을 매기셔야
한다고 생각해요.

내가 보기엔 통과하려면
이 길밖에 없는 것 같아…

제가 만약 저보다
공부를 못하는 누군가를 찾아내면,
제가 꼴찌는 아닌 거죠?

음, 내가 찾아났지…

저 안 자요!

옮긴이 강이경

영어영문학을 전공하고 책 만드는 일을 오래 했습니다. 2006년 동아일보 신춘문예 아동문학 부문에 당선했습니다. 그림책과 동화, 인물 이야기들을 쓰고, 외국 그림책과 어린이 책을 우리말로 옮기는 일을 하고 있습니다. 《가슴에 우주를 품은 조선의 선비 홍대용》, 《착한 어린이 이도영》, 《조금 특별한 아이》 등을 쓰고, 《내 꿈은 엄청 커!》, 《사랑해 너무나 너무나》, 《스누피와 찰리 브라운 이야기》 등을 우리말로 옮겼습니다.

페퍼민트 패티, 역시 인생은 쉽지 않구나

1판 1쇄 발행 2019년 7월 25일   **1판 4쇄 발행** 2022년 7월 8일

지은이 찰스 M. 슐츠
옮긴이 강이경

발행인 양원석   **편집장** 차선화
책임편집 이슬기   **영업마케팅** 윤우성, 박소정

펴낸 곳 ㈜알에이치코리아
주소 서울시 금천구 가산디지털2로 53, 20층 (가산동, 한라시그마밸리)
편집문의 02-6443-8916   **도서문의** 02-6443-8800
홈페이지 http://rhk.co.kr   **등록** 2004년 1월 15일 제2-3726호

ISBN 978-89-255-6666-5 (03800)

※ 이 책은 ㈜알에이치코리아가 저작권자와의 계약에 따라 발행한 것이므로 본사의 서면 허락 없이는 어떠한 형태나 수단으로도 이 책의 내용을 이용하지 못합니다.
※ 잘못된 책은 구입하신 서점에서 바꾸어 드립니다.   ※ 책값은 뒤표지에 있습니다.